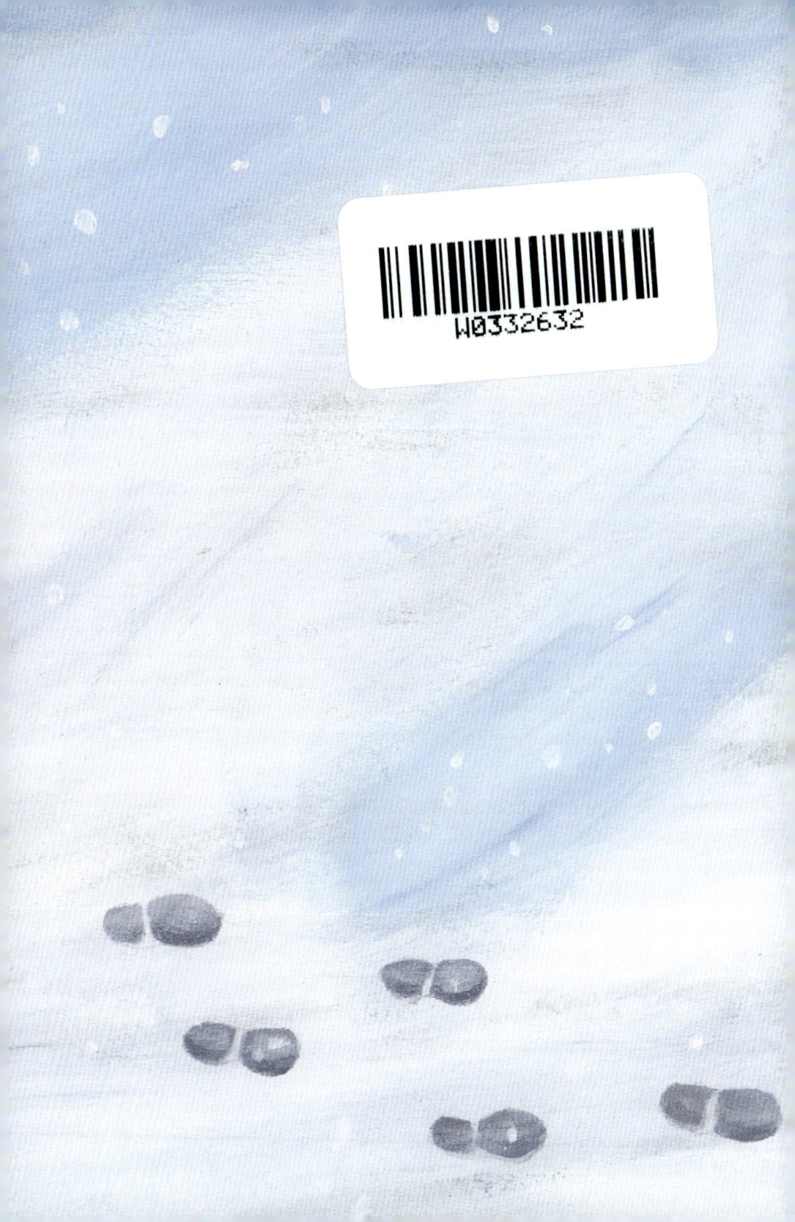

Für meine Eltern. H. W.

Für Simeon. A. S.

Woche Zeit. Er saß vor seinem Haus und schaute in die Winternacht und merkte erst am Morgen, dass er vergessen hatte, ins Bett zu gehen. Aber eine Idee war ihm doch gekommen. Er wollte mit der Eule reden.

Die Eule war das klügste Tier im ganzen Wald. Sie musste nicht mal lange überlegen. Dann sagte sie: »Wir kommen alle mit. Der große weiße Bär zieht den Schlitten, die anderen schieben, ich fliege voraus – so wird es gehen.«

»Aber wer kennt den Weg?«, fragte der kleine Weihnachtsmann. ♣ »Die Feldmaus«, sagte die Eule. »Sie hat Verwandte in der Stadt. Denen kann sie auch gleich schreiben, dass wir kommen.«

Die Tiere im Wald waren alle einverstanden. Früh am Morgen zogen sie los, während die großen Weihnachtsmänner noch schliefen. ✩ Sie zogen durch den verschneiten Winterwald und über die wilden Berge. Die waren so

hoch, dass alle ins Schwitzen kamen, sogar das Murmeltier, das bis dahin zwischen den Geschenken gelegen und geschlafen hatte. Jetzt stand es oben auf den Päckchen und rief: »Hopp! Und hopp! Und alle hopp!«

Hinter den wilden Bergen ging es über den zugefrorenen See. Der war so riesengroß und weiß, dass sie sich beinahe verlaufen hätten. Aber da kam ihnen der Schneehase zu Hilfe. Den konnte man kaum sehen, aber auf dem

großen See kannte er sich aus. Der kleine Weihnachtsmann freute sich im Stillen, dass er ihm ein besonders schönes Geschenk eingepackt hatte. Die weiße Zipfelmütze würde ihm bestimmt gefallen.

Es wurde schon Abend, da machten sie eine kleine Rast. »Seht nur!«, rief plötzlich das Murmeltier. Es hatte in der Ferne ein Lichterband entdeckt. Ein bisschen unheimlich sah es aus, wie eine funkelnde Schlange, die sich

langsam durch die Nacht bewegte. »Das ist die Eisenbahn«, sagte der Elch. »Und der Lichtschein hinterm Berg«, rief die Eule von ihrem Ast, »das ist die Stadt.«

Nicht lange, dann erreichten sie die ersten Häuser. Die Straßen lagen still verschneit, aber alle Fenster waren hell erleuchtet. Und drinnen sah man immer wieder rote Mäntel oder Zipfelmützen blitzen. Die großen Weihnachtsmänner

waren schon bei den Menschenkindern. Ein paar Mal sahen sie auch einen um die Ecke huschen, und der Hase mit den langen Ohren hörte Schlittenglöckchen bimmeln. Nur von den Stadttieren sahen und hörten sie nichts.

Bis sie beim großen Kaufhaus um die Ecke bogen. Dort stand mitten auf der Straße die Stadtmaus und trappelte ungeduldig mit den Hinterbeinen. »Ganz schön spät!«, rief sie, dass ihre Schnurrbarthaare bebten. »Kommt schnell, sie warten alle schon!« ✰ »So sind sie in der Stadt«, sagte die Feld-

maus leise. »Immer in Eile, aber sie meinen es nicht böse.« ✩ Das hatte der kleine Weihnachtsmann auch schon gehört. Er schmunzelte, während sie der eiligen Stadtmaus folgten.

Die Stadttiere hatten sich beim Weihnachtsbaum auf dem Marktplatz versammelt. Das war ein Jubel, als sie den kleinen Weihnachtsmann kommen sahen! Und eine Freude, als alle ihre Geschenke auspacken durften! Erst die Stadttiere, so hatte es die kluge Eule vorgeschlagen. 🎄 »Der kleine Weih-

nachtsmann lebe hoch!«, rief der Dackel, der eine Trommel bekommen hatte. ♣ »Hoch, hoch, hoch!«, riefen alle im Chor. Und der kleine Weihnachtsmann versprach, alle Jahre wiederzukommen.

Der Morgen graute schon, als der kleine Weihnachtsmann und die Waldtiere sich auf den Heimweg machten. Es wurde ein wunderschöner Tag, die Sonne strahlte vom blauen Winterhimmel, und der Schnee glitzerte, als wäre er aus lauter Edelsteinen. Nur das Murmeltier kriegte von all dem nichts mit. Es hatte eine Wärmflasche bekommen und war auf der Stelle damit eingeschlafen.

Anu Stohner, geboren 1952 in Helsinki, lebt als freie Übersetzerin und Autorin in München. Für ihre Übersetzungen aus dem Finnischen, Schwedischen und Englischen wurde sie mehrfach ausgezeichnet. »Der kleine Weihnachtsmann geht in die Stadt« ist eins von drei Büchern über den kleinen Weihnachtsmann. Die anderen beiden heißen »Der kleine Weihnachtsmann« und »Der kleine Weihnachtsmann reist um die Welt«. Alle drei sind als große Bilderbücher und in der Mini-Ausgabe erhältlich.

Henrike Wilson, geboren 1961 in Köln, studierte dort und in den USA Grafik-Design und Malerei. Heute lebt sie als freie Illustratorin im Taunus. Sie hat alle Bücher vom kleinen Weihnachtsmann gemalt und, ebenfalls nach Texten von Anu Stohner, zwei Bücher über ein Schaf namens Charlotte: »Das Schaf Charlotte« und »Charlotte und die Wölfe«.

Die Rechtschreibung in diesem Buch entspricht
den Regeln der neuen Rechtschreibung.

Unser gesamtes lieferbares Programm
und viele andere Informationen finden Sie unter
www.hanser-literaturverlage.de

1 2 3 4 5 13 12 11 10 09
ISBN 978-3-446-23387-4

Lithos: Gloor GmbH, München
Druck und Bindung: Proost, Turnhout
Printed in Belgium

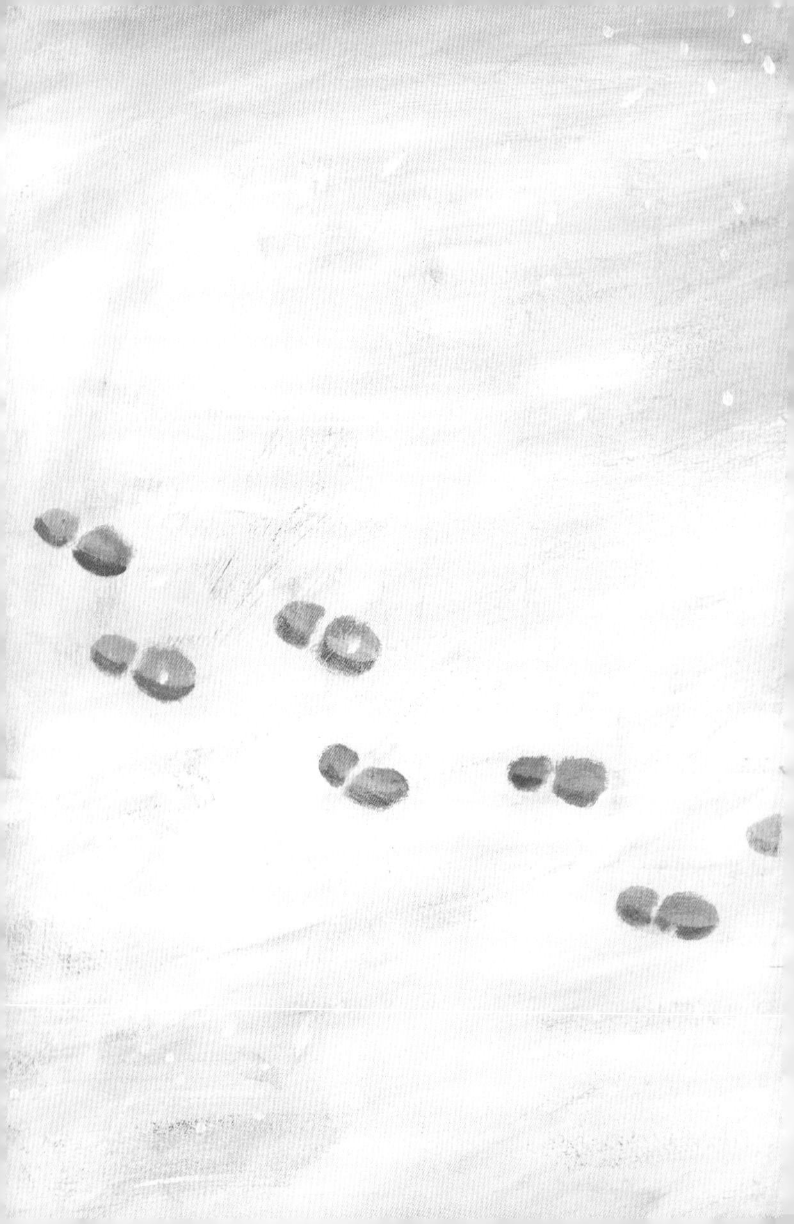